12

QUIENQUIERA QUE SEAS

QUIENQUIERA QUE SEAS

Por MEM FOX   Ilustrado por LESLIE STAUB

Traducción de ALMA FLOR ADA y F. ISABEL CAMPOY

LIBROS VIAJEROS · HARCOURT, INC.

San Diego   Nueva York   Londres

www.harcourt.com

This is a translation of *Whoever You Are*.

First Libros Viajeros edition 2002
Libros Viajeros is a trademark of Harcourt, Inc.,
registered in the United States of America and/or other jurisdictions.

Library of Congress Cataloging-in-Publication Data
Fox, Mem, 1946–
[Whoever you are. Spanish]
Quienquiera que seas/Mem Fox; ilustrado por Leslie Staub.
p. cm.
"Libros Viajeros."
1. Ethnology—Juvenile literature. 2. Individual differences—Juvenile literature. [1. Ethnicity.
2. Individuality. 3. Spanish language materials.] I. Staub, Leslie, 1957– ill. II. Title.
GN495.6.F6918 2002
305.8—dc21   2001001277
ISBN 0-15-216460-X

A C E G H F D B

The illustrations in this book were done in oil on gessoed paper.
The hand-carved frames were made from plaster, wood, and faux gems.
The display type was set in Cascade Script.
The text type was set in Monotype Goudy Bold by
Harcourt Photocomposition Center, San Diego, California.
Color separations by Bright Arts, Ltd., Singapore
Printed and bound by Tien Wah Press, Singapore
Production supervision by Sandra Grebenar and Wendi Taylor
Designed by Judythe Sieck

Para Hanan Ashrawi
—M. F.

Para YaYa
y para ti,
quienquiera que seas
—L. S.

Pequeño, pequeña,
quienquiera que
seas,

dondequiera que estés,

hay niños y niñas como tú
por todo el mundo.

El color de su piel
puede que sea diferente al tuyo,
y que sus casas sean
diferentes de la tuya.

Sus escuelas puede que
sean diferentes a la tuya,

y sus países puede que sean diferentes al tuyo.

Sus vidas puede que sean
diferentes a la tuya,

y sus palabras puede que sean *muy diferentes a las tuyas.*

Pero por dentro,
sus corazones son
como el tuyo,

quienquiera que sean,
dondequiera que estén,
en cualquier parte
del mundo.

Sus sonrisas son como la tuya,

y se ríen igual que tú.

Sus penas son como las tuyas,
y también lloran igual que tú,

quienquiera que sean,
dondequiera que estén,
en cualquier parte del mundo.

Pequeño, pequeña,
cuando seas mayor
y ya hayas crecido,

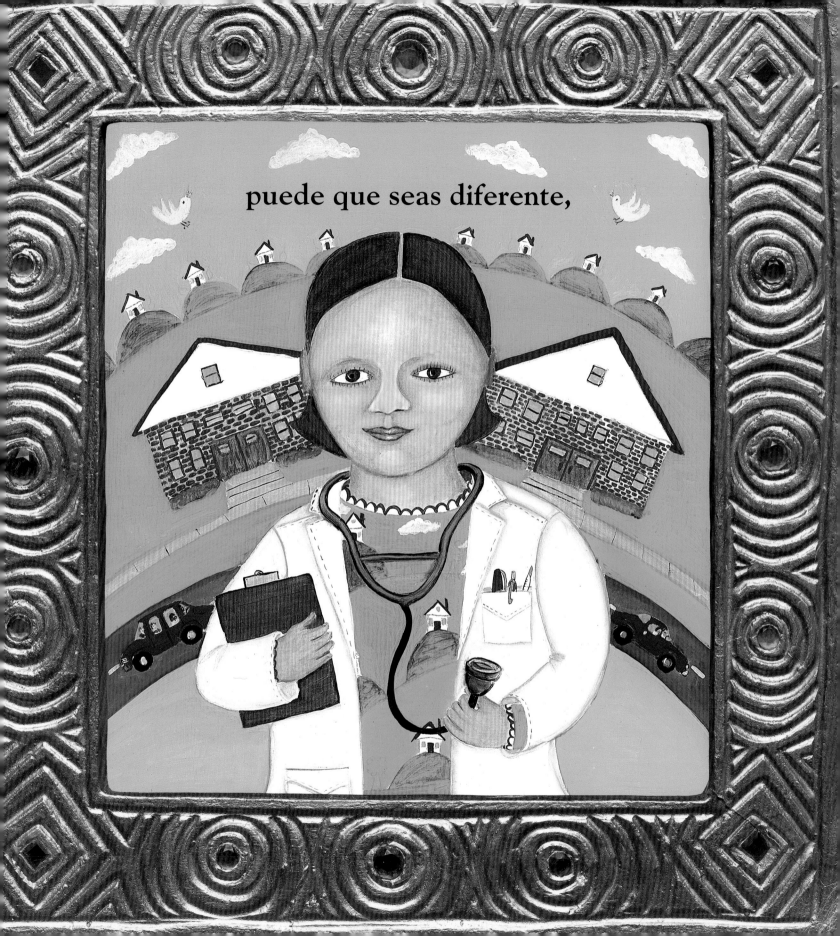

puede que seas diferente,

y ellos puede que sean diferentes,
dondequiera que estés,
dondequiera que estén,
en este enorme y amplio mundo.

Las alegrías son las mismas
y el amor es el mismo.

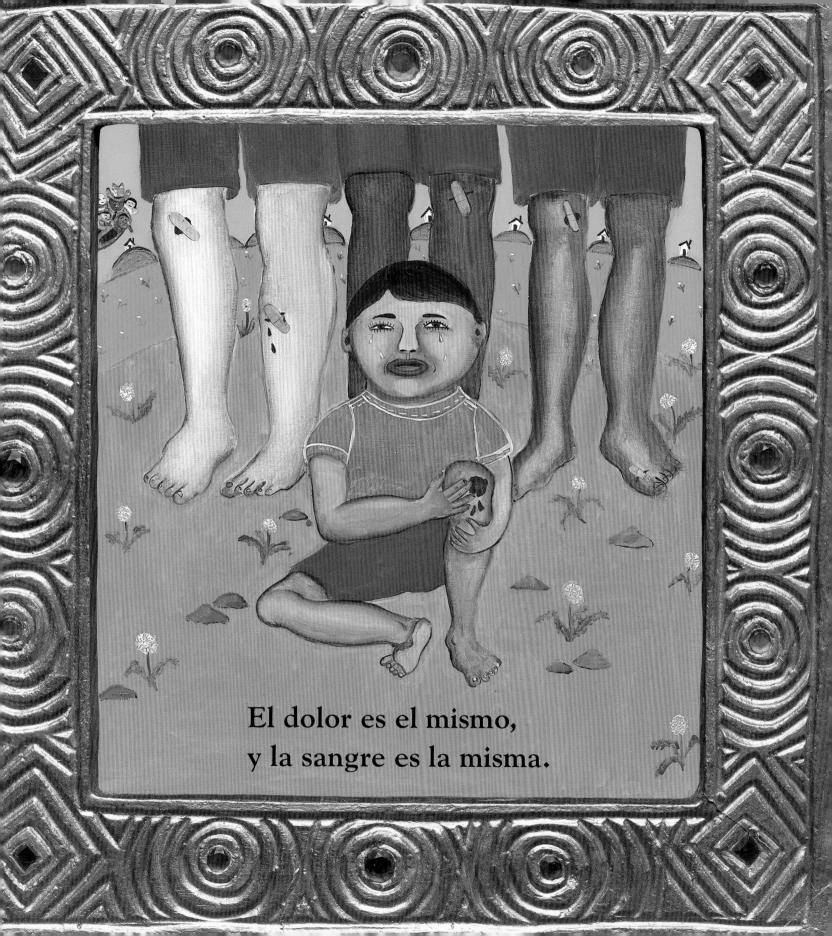

El dolor es el mismo,
y la sangre es la misma.

Las sonrisas son las mismas,
y los corazones son iguales—
dondequiera que estén,
dondequiera que estés,
dondequiera que estemos,

en cualquier lugar del mundo.